# जादू और चमत्कार का युद्ध

शमूएल धर्मेंद्र

Copyright © Samuel Dharmendar
All Rights Reserved.

ISBN 978-1-63714-347-6

This book has been published with all efforts taken to make the material error-free after the consent of the author. However, the author and the publisher do not assume and hereby disclaim any liability to any party for any loss, damage, or disruption caused by errors or omissions, whether such errors or omissions result from negligence, accident, or any other cause.

While every effort has been made to avoid any mistake or omission, this publication is being sold on the condition and understanding that neither the author nor the publishers or printers would be liable in any manner to any person by reason of any mistake or omission in this publication or for any action taken or omitted to be taken or advice rendered or accepted on the basis of this work. For any defect in printing or binding the publishers will be liable only to replace the defective copy by another copy of this work then available.

“

# जादू और चमत्कार का युद्ध

## शमूएल धर्मेंद्र

अध्यायों की सूची:

1. प्रस्तावना:
2. ‘गिरफ्तारी’
3. ‘मुक्तिमार्ग की पुस्तिका’
4. खून
5. अभिषिक्त तेल
6. बौना परिवार
7. बिगुल,तलवार और ‘पछ्तावे के पन्ने’
8. ‘वेझेला समुँदर’
9. ‘जोल्थान की घाटी
10. अद्भुत आग
11. बेथेल् की आजादी
12. अद्नोरा
13. पुनर्मिलन
14. ‘इच्छा’ और ‘तपस्या’ का जन्म’
15. अंतिम कथन

*****

# जादू और चमत्कार का युद्ध

शमूएल धर्मेंद्र

## प्रस्तावना:

बेथेल् की धरती एक समय में मांत्रिक नगरी के रूप में जाना जाता था। सुंदर तालाबें, और शांति से भरे माहौल के लिए वह जिस प्रकार मशहूर था, ठीक वैसे ही 'भविष्यवाणी के कथन' के लिए भी जाना जाता था। लेकिन बीतते समय के साथ वहाँ अब 'डर' और 'धोखेबाजी' का राज चलता है और उन बूरी चीज़ों के लिए अब वह भूमि जाने लगी है। इसकी मुख्य वज़ह 'इंसान' है; यह कडवे सच की बात हज़म होना बहुत मुश्किल है। यह सबके जानी गयी बात है कि इस नकारात्मक बदलाव की वज़ह 'मल्लिका' है जो एक बद्सूरत व, मंत्रवादिनी थी। एक वक्त था जब 'मल्लिका' बेथेल् नगरी में प्रधान अधिकारों को प्राप्त कर जुदाह के राज़ा के करीब और प्रभावशालिनी बनी थी। पर वह राजा से भी ज्यादा महत्वपूर्ण बनने की महत्वाकांक्षा और लालच से तत्काल बद्सूरत महिला के रूप में बदल गयी। घमिंड ने उसे प्रसिद्धि की ऊँचाई से गिराकर दरार में फेंका। मल्लिका बेथेल् धरतीके लोगों को अपनी मंत्र की शक्ति से मिटाकर,जुदाह के राज़ा के चमत्कारों की अपेक्षा खुद की मंत्रशक्ति को ज्यादा प्रभावशाली साबीत करने पे तुली थी।

इसके व्यक्तित्व के विपरीत जुदाह का राज़ा बहुत ही दयालू स्वभाव का था। उसकी केशराशी ऐसी चमकती थी कि मानो उसके बाल रेशम जैसे मरहम सोने से बनी हो।

आँखों का तेज़ किसी को भी अपने प्रभवलय में ख़ींच लाता था। वहा जब भी चलता था तो ऐसा लगता था कि गरजता तूफान, भारी आवाज़ के साथ चल रहा हो। उसका बदन तो एक प्रबल योद्धा के समान अत्यंत ही आकर्षक तथा बलवान बनकर ऐसा दिखता था कि मानो कोई स्वर्ग की देवता धरती पर उतर आया हो। राज़ा स्वभावत: अपनी प्रजा के प्रति प्रेम और न्याय देने में अटल तथा समान दृष्टि रखनेवाला था। ढूँढने पर भी इसमें एक दोष निकाल पाना नामुमकीन ही था।

जुदाह के राज़ा का महल 'कार्मेल् पहाड की ऊँचाई पर बना हुआ था। राज़ा ने अपनी प्रजा सुख़ और समृद्धि हेतु एक आदर्श जीवन निर्वाह के लिए एक किताब की रचना की थी जिसका नाम था 'जीवन की पुस्तिका'।

बेथेल् का राजा तीन सर्वोच्च अधिकारों से सँवारा गया था। वे इस प्रकार थे।

*गीधडों का स्वामी :- 'गीधडों का राजा के नाम से वह अपने दस लाख सैनिकों को 'विराट' नामक गीधड को 'सेना प्रमुख' बनाकर उसको निर्देश देते हुए विराट की सेना से प्रजा की रक्षा करवाता था।

*जोगी- 'मोरोंका राजा':- इस सेना का प्रमुख़ 'जोगी' नामक एक मोर था जिसे सलाह और निर्देश देते हुए राजा ने प्रजा के 'बद्लाव, प्रजा के अपराधों से संबंधित विषय, शादी, जन्म और मृत्यु से संबंधित कारसाजों का निर्वाह करता था। राजा के निर्देशानुसार जोगी के नेतृत्व में दस लाख सेना अपनी जिम्मेदारियों को निभाती थी। जुदाह का

राजा नर-मादा मोरों को पँखों से सम्मानित कर उन्हें आशीर्वाद दिया करता था।

*'मल्लिका': 'नागिनों की रानी' – बहुत ही साहस और अपनी कार्यक्षमता से रानी नाग-नागिनी सेना का प्रधान बनकर राजा की प्रिय सेनाधिकारिणी बनी थी 'मल्लिका'। मल्लिका बेथेल् नगरी की होनी-अनहोनी पर निगाह रखकर बेथेल् की रक्षा का भार सँभाली थी। इस के साथ ही साथ वह संगीत-नृत्य तथा ध्यान भक्ति के प्रकारों में अपनी निजी प्रतिभा को दिखाकर उन सभी विद्याओं की रक्षिका के रूप में जानी जाती थी। जब मल्लिका अपने सैनिकों से मिलकर गायन करती तो बेथेल् नगरी की प्रज़ा खुशी से झूम उठते थे और जुदाह के उत्सवों तथा पूजाओं में हँसी-खुशी से जश्न मनाती थी।

ये तीन प्रकार की सार्वभौमिक शक्तियाँ मानव रूप में ही रहकर बेथेल् की रक्षा करती थीं। जरूरत पडने पर उन सेनाओं में शामिल व्यक्ति अपनी निजी रूप में बदल जाता था। फिर भी पूनम की रातों में जो भी स्त्री-पुरुष इक्कीसवी आयु पार कर जाते, वे अपने मानव रूप त्यजकर अपने संबंधित निजीरूप में बदल जाते थे। विशेष बात तो यह थी कि आपस में 'विरुद्धप्रवृत्ति तथा द्वेष भावना' को रख़नेवाले 'गीधड, मोर, साँप' जुदाह की राजा की नगरी में आपस में स्नेह की भावना रख़ते हुए मिल-जुलकर रहते थे। इस प्यार भरे माहौल में आपसी स्नेह से रहते हुए भी जुदाह के राजा के कानून में इन तीनों वर्गों के लोगों में आपसी 'विवाह संबंध' से जुड जाना मना थ। यदि कोई स्त्री या पुरुष इस नियम को तोड लेती/लेता तो तुरंत

उन्हें जुदाह के राज्य से निकाल दिया जाता था और ऐसे निकाले गए लोग जाकर हमेशा के लिए 'अद्मोर' नाम की नगरी में बस जाते थे। मल्लिका अपनी कार्यक्षमता तथा परी जैसी ख़ूबसूरती से राजा के निकट आ चुकी थी। अपनी विशेष नृत्य-गायन की प्रतिभा से पूरे बेथेल् की नगरी की जनता को बेथेल् में आयोजित उत्सवों में शामिल करके उन उत्सवों की रौनक बढाती थी। बेथेल् की जनता मल्लिका के प्रति बहुत ही इज्जत तथा प्रेम रख़ते थे। पर इन्ही प्रजाओं में कुछ लोग राजा की प्रसिद्धि और कीर्ति से जलते थे और मन ही मन राजा के प्रति द्वेष की भावना को जगह दे बैठे थे। एक दिन 'रेगिना' नाम की एक नागिन मल्लिका से मिलकर कहने लगी "मल्लिका,तुम तो राजा से भी बहुत मशहूर और श्रेष्ठ हो। बेथेल् की प्रजा जुदाह के राजा से भी ज्यादा तुम्हारी बातों का मान रख़ते हैं। क्यों न तुम इस मौके का फायदा उठाकर ख़ुद बेथेल् की रानी नहीं बन जाती"!? इस प्रकार 'रेगिना' ने राजा के प्रति द्वेष तथा मल्लिका को रानी बनने के सपने दिखाकर मल्लिका के मन में विद्रोह का जहर घोल दी।

मल्लिका का मन नागिन 'रेगिना' के दुर्बोध से पूरा बिगड गया। रेगिना से कही गयी बातें उसके मन में मंडराने लगी। अब उस ने जुदाह की राजगद्दी पर कब्जा जमाने का इरादा पक्का कर लिया। जैसे ही वह राजा के सिंहासनपरा चढने की कोशिश की तो उस सिंहासन की पवित्रता और जुदाह के राजा की महिमा की शक्ति की वजह से मल्लिका अंधी होकर बदन के जल जाने से पूरी तरह से पीडित हुई। अधिकार की लालच तथा खुद की बडप्पन की भावनाओं ने उसे हमेशा के लिए विनाश के

दरगोर पहुँचा दिया। मल्लिका को बेथेल् की धरती से उसकी समर्थक सेना के साथ निकाल दिया गया। ऐसी दुर्दशा से ग्रस्त मल्लिका ने अपने सैनिकों के साथ दर-दर भटकती, थकी-हारी, प्यास-भूख से पीडित होकर घने जंगल की एक गुफा में प्रवेश किया। उस गुफा पर कब्जा जमाया। वहाँ मिले कीमती चमकीले पत्थरों से एक ताज बनवाकर पहना और उस गुफा को 'मल्लिका की गुफा' का नाम दिया।

यहाँ बेथेल् की प्रजा अपने दु:ख-दर्द, आपत्तियों की अरजों को राजा के सामने पेश करते थी और राजासे उनका यथायोग्य समाधान, हल पा लेती। समय तो ऐसा आ गया कि एक वक्त जो जनता मल्लिका की तरफ अपनी जरूरतों के लिए मुँह किए खडी रहती, अब तो जुदाह के राजा के सलाह-मार्गदर्शन से संतुष्ट होकर राजा का आदर-सम्मान करने लगी। इससे मल्लिका को ख़ूब जलन होने लगा। वह अपनी दुष्ट मांत्रिक शक्तियों से प्रजा के मन में लालच और दुराशा पैदा करके उसे पाप की राह पर चलने पर मजबूर किया।

मल्लिका के प्रभाव में आकर अब अधिकतर बेथेल् के लोग कामी, दुराचारी और दुराशाग्रस्त हो गये। मल्लिका के दुर्बोध में आकर वे राजा के 'जीवन पुस्तिका' पर आधारित जीवनशैली को त्यागकर मल्लिका के प्रभुत्व के जाल में फंस गये। ऐसे लोगों पर मल्लिका का क्रूर शासन लागू हुआ। ये लोग 'मल्लिका की गुफा' में अनेक प्रकार की पीडओं के शिकार बने और हमेशा के लिए जुदाह के राजा के अनुग्रह खो बैठे।

जुदाह का राजा अपनी कुछ प्रजाओं की दुर्दशा को देखकर बहुत दुःखी हुआ। उसने मन ही मन ठान लिया कि 'मल्लिका के दुष्ट शासन से इन पीडित प्रजाओं को आजाद करके ही रहूँगा। राजा कुल चालीस दिनों का उग्रतप पूरा भी किया। जब वह ध्यान से बहिर्मुख हुआ तो उसकी दिव्यदृष्टि को यह मालूम हुआ कि 'वाकई, मेरी प्रजा 'मल्लिका की गुफा' में अनूह्य पीडा को सह रहे हैं। उसको यह भी ज्ञात हुआ कि इनकी रक्षा करने के लिए एक पापरहित, बिनब्याहे युवा की प्राणाहुति अनिवार्य है।

जब इस खबर का ऐलान किया गया और अठारह से तेईस बरस की आयु के बीच के समस्त बिनब्याहे लडकों की सूची बनाकर उसमें से एक नाम को चुनने के लिए एक छोटे बच्चे को बुलाया गया तो राजा की अचरज की सीमा ही न रही कि उस बच्चे ने राजकुमार 'सिंहा' का नाम निकाला था। 'सिंहा' जुदाह के राजा का इकलौता बेटा था और जवान, पराक्रमी, महाज्ञानी तथा उच्चकोटी का तलवारबाज था और तेईस बरस का था। राजा की तरह सिंहा भी प्रजाप्रेमी और उनकी आँखों का तारा बना हुआ था। 'सिंहा' के बलिदान देने की बारी की खबर पाकर बेथेल् की प्रजा को बहुत दुःख हुआ। 'सिंहा' इस खबर से पलभर के लिए दंग सा रहा पर बेथेल् की जनता की खुशहाली और उनके लिए क्षमादान की मन्नत माँगने हेतु अपनी जान दांव पर लगाने के लिए राजी हुआ। 'सिंहा' का अंत डरावना और दर्दनाक साबीत होनेवाला था। पर बेथेल् की जनता की रक्षा के लिए 'सिंहा' जैसे गुणी पुरुष का आत्म समर्पण स्वयं मृत्युदेवता को भी मंजूर नहीं था। इसलिए 'सिंहा' को जीवनदान मिला और वह अपने पिता जुदाह के राजा की

बेथेल् नगरी में 'मृत्युंजय' बनकर वापस लौट आया।

कुछ समय के बाद एक बार फिर बेथेल् की जनता बुरे आचरण में लगे रहने लगी। जुदाह का राजा इस चिंता में डूबा कि 'इस बार किसका बलिदान माँगेगा मेरे अपने जनों का दुष्ट आचरण!? अंत में वह एक नतीजे पर पहुँचा और अपने महल को आग लगाकर अपने बेटे सहित बेथेल् नगरी से हमेशा के लिए गायब हुआ। बेथेल् की जनता को 'कार्मेल पहाड' की चोटी पर दहकती आग के सिवाय कुछ नजर नही आयी। इसके बावजूद, 'विराट' और 'जोगी',अपनी अपनी सेना के साथ गश्त पर तैनात रहे। पर बेष बदलकर। जब वे अपनी निजी अवस्था को प्राप्त कर लेते तो लोगों की नजरों से ओझल हो जातें।

मल्लिका को बेथेल् जनता की अपनी हाथों से रिहाई बिल्कुल पसंद नहीं थी। इसलिए उसने बहुत सारे षड्यंत्र रचाए। 'सिंहा' के खून को एक मटके में भरकर अपनी मंत्रशक्ति के बल से 'वेझिला समुंदर' के तले 'गोला' नामक सैनिक के खून को रखे मटके के साथ ही रख दिया।

कुछ बरसों के पहले की बात है। 'गोला' और 'रेमो' जुदाह के राजा की सेना में सैनिक थे। उन्हें दुश्मनों के साथ लडने के लिए भेजा गया था। 'गोला' सेनापति बनकर युद्ध लडा और विजयी बना। उसने दुश्मनों के डेरों को लूटा और अमित संपत्ति को हासिल कर शत्रुसेना के योद्धाओं के सिरों के साथ राजा को तोफे के रूप में भेंट किया। 'गोला' की इस वीरता से राजा प्रसन्न था और सोने, रेशम के कपडे और चाँदी से नवाजा। इससे 'रेमो' को बहुत ईर्ष्या हुई और उसके मन में जुदाह का राजा, बेथेल् की प्रजा और

'गोला', इन सभी के प्रति बदले की भावना जगी। 'रेमो' बदले की आग में पागल हो उठा था। उस ने सोये हुए 'गोला' का सर काटकर उसका वध किया। 'गोला' के ख़ून का झर उछल पडी। 'गोला का खून' 'बदले का खून' के नाम से जाना गया। गोला का खून बदला लेने से संबंधित मांत्रिक क्रियाओं में इस्तेमाल होने लगा। जब जुदाह के राजा को इसकी खबर मिली तो उसने 'विराट' को निर्देश हुक्म देकर गोला के खून को 'वेझिला समुंदर' में छिपाकर रखवाया। तब से लेकर 'विराट' के सिवाय और किसी को गोला और सिंहा के खून को अलग से पहचानना असंभव था।

जब से जुदाह के राजा लोगों की नजरों से ओझल हुआ तब से बेथेल् की जनता के दुःख-दर्द विचारनेवाला कोई नहीं रहा। इसीलिए लोग अपनी समस्याओं को एक खत में लिखकर श्रद्धा से 'कार्मेल पहाड की चोटी पर गिराकर आते थे यही सोचकर कि ये खत राजा पढकर समस्याओं का हल बताकर हमारी रक्षा करेंगे।

इधर एक-एक करके बेथेल् के लोग मल्लिका के कब्जे में आने लगे। जो लोग उसके कब्जे में आए उनको 'मल्लिका की गुफा' में अनेक प्रकार के जुल्म किए गए। लोग अधमरी जिंदगी जीने से तंग आ गए। 'मल्लिका की गुफा' में कैद हुए उन पीडित लोगों में मेरे पिताजी भी एक थे। मेरे पिताजी वित्तकोश के अधिकारी व, मंत्रि थे। अब मल्लिका के शासन में वे मल्लिका के हाथों कटपुतली बनकर उसके इशारों पर नाचने के लिए मजबूर हुए, यहाँ तक कि, मल्लिका के कहने पर उन्हें चोरी में भी शामिल होना पडा।

अपने कार्यालय में अवैध रूप से धन स्वीकारने के लिए मल्लिका ने मेरे पिताजी को मजबूर किया। 'मल्लिका' ने हमें गरीबी की दरिया में ढकेला। जब घर में मेरा परिवार मुसीबत से गुजर रहा था तब मल्लिका ने लालच का दरवाजा खोला और पिताजी उसमें प्रवेशकर हमेशा के लिए कैद हुए। मैं 'इषिका' इस कहानी की प्रवक्ता तब सिर्फ अठारह बरस की थी। यह है मेरी कहानी।

## अध्याय 1: 'गिरफ्तारी'

"दया कीजिए, वे बूढे हो गये हैं, उनपर जुल्म न करें। थोडा नरमी से पेश आइए"। मैं गिडगिडा रही थी। "हे भगवन, हम पर दया करो"! मैं फूट-फूटकर रो रही थी।

'अठारह बरस की लडकी हूँ मैं। कमजोर नहीं। मैं हार नहीं मानूँगी'। मैंने मन ही मन निश्चय कर लिया" मैं आँसू पोंछकर चिल्लाती हुई कहने लगी-"पिताजी, चिंता न करें। आप को छुडवाकर ले जाने के लिए मैं जरूर आऊँगी"। मल्लिका के सैनिक मेरे पिताजी को ले गए। बेथल् के लोगों में मुझे सांत्वना देने की ताकत किसी में नहीं बची थी। जन्मते ही जिसने माँ को खोया, आज पिताजी से भी बिछुडकर सच्चे अर्थ में 'लावारिस' बन गयी थी।

दिन-रात खाना पीना छोडकर रोती ही रहती थी। जब से मेरे पिताजी को ले जाया गया तब से मुझमें कोई विश्वास ही नहीं बचा था। पिता से अलग होने का दुःख इतना सताने लगा कि मैं उसे भूल ही नहीं पा रही थी। फिर भी अचानक मेरी अंतरात्मा ने मुझमें यह विश्वास भर दिया कि 'मैं अपने पिताजी को जरूर छुडवाकर ले आऊँगी'।

पूनम की रात थी। बेथेल् के लोग भय से ग्रसित थे। साँझ का सात बजनेवाला था। पादरी 'बोहरा' का रास्ते में भविष्यवाणी करते घूमने का समय था। वे 'जीवन की पुस्तिका' के नियमों का पालन करने में चूके लोगों को चेतावनी देने में लगे हुए थे। 'जीवन की पुस्तिका' के नियमों के अनुसार चलने में लापरवाही दिखानेवालों को मिलनेवाली सजा के बारे में वे भविष्यवाणी के गीत गाते हुए घूम रहे थे।

"बोया आपने सिर्फ हवा को, पाते जरूर तूफान को। बीज आम के बोकर फिर भी पा बैठे तरबूज को॥ सरस बोकर पाये सरस को, प्यार होता यदि ढेर प्यार। बचा न अब कुछ हे बद्नसीबों। बनें आप कामी-कपटी॥ पायेंगे तूफान यदि भूल से हवा आप बोयेंगे।। पापों को पाएँ नफरत के बदले॥ जिसको ना मिले क्षमा वे बातें करके फिर भी बकवास की। बन जायेंगे दुष्ट इस जग में। मिले ही कैसे क्षमा हे भूले लोग बने जो अतिपापी। बांटे फिरते अन्याय को, पाये वापस दुगना-तिगुना॥ एक के बदले लाख़ मिलेंगे फल बदले में जाने जरूर"।

पादरी 'बोहरा' ऊँची आवाज में भविष्यवाणी कर रहे थे। बेथेल् की धरती डर के मारे थरथरा रही थी। मैंने पाया कि बोहरा हमारे घर के दरवाजे को पार कर जा रहे हैं। जैसे ही मैंने उनसे मिलने दरवाजा खोला, वे नजरों से ओझल हो गये।

अध्यायः 2: 'मुक्तिमार्ग की पुस्तिका'

मैं उदास होकर घर आयी। बेथेल् की नानी कहलवानेवाली 'हेन्ना' मेरे घर आयी। वह बेथेल् की अति बुजुर्ग महिलाओं में से एक थी। उसके बाल पके हुए थे। बदन आगे झुका हुआ था, पर नजर उसकी बहुत तेज थी। वह इतनी तंदुरस्त थी कि अपना काम खुद कर लेती थी।

मैंने उस बूढी औरत का दिल से स्वागत किया। पीने के लिए उसे पानी देकर उसके पास जा बैठी। वह प्यार से मेरा सर सरहाते हुए मुझसे कहने लगी-"बेटी,तू चिंता मत कर। हर एक मुश्किल समस्या का एक हल जरूर होता है। हर एक दर्द का दवा होता ही है। दुःख के बाद ही सुख आता है। धीरज और श्रद्धा से काम करनेवालों को एक न एक दिन कामयाबी हासिल होकर ही रहेगी"। हेन्ना की बातों का मुझपर गहरा असर हुआ। वे बातें मुझ में धीरज बांधने में कामयाब हुईं। आगे बढकर उसने कहा-"इषिका,क्यों न तुम अपनी समस्याओं को लेकर जुदाह के राजा को खत नहीं लिख़ती!? ऐसे खत लिखकर 'कार्मेल पहाड की चोटी पर गिराकर आयेगी तो जरूर जुदाह के राजा तुम्हारी समस्या को दूर करेंगे"। मैंने उसकी बात पर सहमति जताई। मैंने कहा –"जरूर,मैं सबकुछ राजा को खत में लिख़कर अपनी समस्याओं का समाधान राजा से पाने की कोशिश करूँगी"।

मेरी हालत तो ऐसी थी कि मैं न तो हेन्ना की बातों पर पूरा विश्वास भी कर पाती और उसे यूँ ही टाल भी नहीं पाती थी।आखिर में मैं ने यह निर्णय लिया कि एक बार उसके कहने के मुताबिक कर देख़ने में हरजा ही क्या है!? हेन्ना प्यार से मेरा माथा चूमकर घर वापस लौटी। उसे घर

पहुँचाकर जब मैं अपने घर वापस लौटी तो मेरे मित्र याने टैकी( तोता)और चोटू( शेर का शावक)घर में मेरा इंतजार करते बैठे थे।

टैकी की चोंच पीला रंग का था। शरीर कडे लाल रंग का। वह नीले रंग की पंखुडियाँ और काली-काली आँखों से बहुत बढिया दिखता था। 'चोटू'- भूरे पीले रंग के फर, नीली आँखे तथा मुलायम पंजों से बहुत ही सुँदर दिख़ता था। ये दोनों मेरी सहायता करने के लिए हमेशा मेरे साथ तैयार खडे रहते थे। हम तीनों बेथेल् के प्रधान रास्तों पर अपनी नृत्य-गायन और खेलों के हुनर लोगों का मनोरंजन करते थे। लोग अकसर कहते थे कि मैं अपनी माँ की तरह नाचती हूँ।

मेरी माँ एक होनहार नर्तकी थी। मेरे पिताजी सर्वश्रेष्ठ गायकों में से एक थे। दोनों अनेक मनोरंजक कार्यक्रमों के जरिए अपने जीवन निर्वाह के लिए धन कमाते थे जिससे हमारा गुजारा चलता था। टैकी चोटू के साथ मेरे इंतजार में बैठा था। मैंने गेहू के आटे को बकरी के दूध में मिलाकर एक पेय तैयार किया। हम तीनों उसे पी लिया। जब से हेन्ना ने खत राजा के नाम लिखकर 'कार्मेल पहाड की चोटी पर डालकर आने के बारे में कहा था, तब से उस काम को संपन्न करने के लिए मैं बहुत उत्कंठित हो गयी थी। मैंने राजा के नाम खत लिखने लगी..।

सर्वादरणीय, पूज्य इस धरती के स्वामी,सज्जन पालक, जुदाह के राजा की सन्निधि में ;

मेरा भक्तिपूर्वक प्रणाम। मैँ अतिदुःख से आपको यह खत लिख़ रही हूँ। मेरे पिताजी को मल्लिका के सैनिक गिरफ्तार करके 'मल्लिका की गुफा' में कैद कर रखे हैँ। मैँ उनकी रिहाई चाहती हूँ। पर रास्ता नहीँ दिख पा रहा। न कोई उपाय मेरे मन में नहीँ सूझ रहा है। 'उनकी रिहाई, पराक्रमी, प्रजाप्रेमी जुदाह के स्वामी आप से मात्र मुमकीन है' -यह मेरा अटल विश्वास है। आपसे मेरी विनम्र प्रार्थना है कि 'कृपया आप इस विषय में मेरी मदद करेँ'।

प्यार और आदरभाव के साथ आपकी विनीत प्रजा
...'इषिका'.।

इस खत को लेकर पहाड की ऊपरी ओर मैँ चढने लगी। रास्ता पत्थरोँ और काँटोँ से आगे बढ़ने में बहुत ही मुश्किल मालूम पड रहा था। पर वह दुर्गम रास्ता मेरे पक्के इरादोँ के सामने माथा टेक लिया। अंततः मैँ पहाड की चोटी पै पहुँची। आँखोँ से आँसू बह रहे थे। जुदाह के राजा का स्मरण करते हुए जैसे ही मैँ खत को फैंकी तो तोल न सँभालने से पिसल पडी। उतने में एक आगे की ओर पसरे हए पत्थर के सहारे गिरने से बच गयी और सावधानी से ऊपर चढ गयी। घर से लायी मोम की बत्ती जलाकर घर की तरफ वापस मुडी तो देख़ी चोटी पर बहुत सारे खत पडे हैँ। उन खतोँ के ढेर से ही पता चलता था कि वे बहुत बहुत दिनोँ से वहीँ पडे हुए हैँ। मैँ अचरज से उन खतोँ के ढेर के पास गयी और उन्हेँ हाथोँ में लेकर पढना शुरू किया। वे सभी खतेँ राजा को संबोधित करके लिखे गये पत्र थे। लोग राजा को अपनी समस्याओँ का बयान करते हुए उनके हल

पाने के लिए अपने खतों के प्रति जवाब के इंतजार में थे। पहाडी-हवा से मेरे बाल बिखरने लगे। गाल लाल पड गये थे। चिंता,दु:ख और भय की वजह से आँखों से आँसू गिरने लगे।मैं उन खतों को एक एक करके पढने लगी।

पत्र 1: “जुदाह के राजा को मेरा आदरपूर्वक नमस्कार। मेरा बेटा फेँकडे की बीमारी से मरे आठ साल बीत गये। अभी तक दूसरा बच्चा नहीं हुआ। कृपया आप हमें और एक संतान पाने के सौभाग्य से नवाजिश करें। ...*लेनेटा ।

पत्र 2: “जुदाह के राजा को प्रणाम। मैं तीस साल की एक लडकी हूँ। मेरे माता-पिता मेरा रिश्ता तया करने में नाकामयाब होकर ऊब गये हैं। कृपया आप मुझे एक अच्छे लडके के साथ रिश्ता पक्का होने में मेरी सहायता करें। मैं ‘जीवन पुस्तिका’ के अनुसार जीवन नहीं बिता पायी।उस किताब के नियमों का उल्लंघन करने के लिए आपसे मैं दिल से माफी चाहती हूँ”। ....*डिया।

पत्र 3: “जुदाह के राजा की जय हो। मैं कोढे की बीमारी से दु:खी हूँ। किसी भी वैद्य से मेरी बीमारी का इलाज नहीं हो पाया। अब मैं इस बीमारी से छुटकारा पाने की उम्मीद ही खो बैठी हूँ। आप से मैं विनम्रता से बिनंति करती हूँ कि मुझे इस अतिपीडा पहुँचानेवाली बीमारी से मुक्ति दिलवा दीजिए और कोई दवा बताकर मेरी रक्षा करें”। ...*नोरा ।

पत्र 4: “जुदाह के राजा को भक्तिपूर्वक प्रणाम। मैं पापिन हूँ। अपनी वासना पर काबू न पाकर मैंने अपने पति से विश्वासघात किया। मैंने पवित्र पति-पत्नी के रिश्ते की पवित्रता पर दब्बा बन गयी।अब मैं ‘काम- धूसरित

बीमारियों का शिकार' बन गयी हूँ। कृपया आप मेरी गलतियों को माफ कर मेरी इस बीमारियों से आजाद करें। आप के लिए असंभव कुछ भी नहीं है। आपकी 'जीवन पुस्तिका' के नियमों के खिलाफ मेरी चर्या को आप दुबारा माफ करें"। ..... *जोअन्ना।

आखरी खत : "जुदाह की राजा की जय हो। मेरे पाँव के फोडे से मैं बहुत पीडिता हूँ। विनंति करती हूँ कि जल्दी से किसी दवा से मुझे इस भयंकर बीमारी से छुटकारा दिलाकर इस फोडे की पीडा से मुझे बचाने की कृपा करें"। .... *आशा।

मैं आखरी खत पढकर दँग सी रह गयी। मन में उदासी छा गयी। मैं अपने पिताजी से यह जान चुकी थी कि मेरी माँ, पावँ में हुए फोडो के कारण मरी थी। मैं दुःख से सोचने लगी-"मैं ठगी गयी"। मुझे जोर से रोना आया। माँ की आखरी खत को उसकी याद के रूप में सँम्हालकर वहाँ से वापस लौटने के लिए तैयार हुई। मैं माँ का मुँह तक नहीं देखी थी। इस बात की भी खुलासा हो गया कि 'जुदाह के राजा से किसी भी खत का जवाब नहीं दिया गया और समस्या का समाधान भी नहीं मिला है। मेरा मन सिकुड गया था। मैं घर को लौटते ही सोने को चली गयी। सुबह जब मैंने किसी के पुकारने की आवाज सुनी –"इषिका,दरवाजा खोलो, दरवाजा खोलो, इषिका"। जब मैं नींद से जागकर दरवाजा खोलकर देख़ी तो पायी, चिंटू अपनी बहन बंटी के साथ घर आया है। 'चिंटू' लाल रंग के बालों से बहुत ही सुंदर दिखनेवाला आठ बरस का लडका था। उसके माथे पर गहरे घाव का निशान था। उसे पता

नहीं था कि वह घाव कब और कैसे हुआ था? 'बंटी' चार बरस की लडकी थी। चमकते बाल, लाल रंग का शरीर और बहुत ही भोलीभाली सी,प्यारी लडकी थी वह्। बंटी और मुझमें करीबी की दोस्ती थी। पहाड के ऊपर 'मोहन चाचा' संचालित धर्मसारी पाठशाला में हम दोनों नृत्य,गायन तथा हाथों से बनानेवाली चीजों की हुनर सीखते समय मैं इन भाई-बहनों से मिली थी। 'मोहन चाचा' पुराने खयाल के बुजुर्ग आदमी थे। लंबी सफेद दाडी, हमेशा आँखों में लगाई चश्मे से वे बहुत ही पूजनीय व्यक्तित्ववाले आदमी थे। उनके गले में एक सोने का चाइन लटका रहता था। वे हमेशा सीढी चडने के लिए हाथ में बैसाखी धरे रहते थे।

चिंटू और बंटी मेरी दर्दभरी कहानी सुनकर रोने लगे। मैं चिंटू और बंटी के साथ मिलकर मोहन चाचा की धर्मसारी पाठशाला के पास गयी। चिंटू, मोहन चाचा को हमारी आने की खबर देने के लिए आगे बढा। मोहन चाचा अपने कमरे में, एकांत में बेथेल् जनता की खुशहाली के लिए जुदाह के राजा से मन्नत माँग रहे थे। जब चिंटू ने आवाज दी तो मोहन चाचा बाहर आकर सभी बच्चों से गले लगाये। मैं अपने जीवन के पूरे किस्से उनको बतायी। मोहन चाचा सांत्वना देते हुए हमें चाय-बिस्कत दे दिए। हम कमरे को गरम रखनेवाले चूल्हे के सामने बैठकर हाथ-पैर गरम करवा रहे थे। इतने में एक कबूतर जिसका नाम 'मेलिस्सा' था,वह मोहन चाचा की गोद में बैठकर एक संदेशा का पत्र डालकर उड गया। उसमें लिख़ा था- 'मुक्तिमार्ग की पुस्तिका' में आशा की किरणें नजर आएँगी.. सप्रेम, .......*जुदाह का राजा'।

मोहन चाचा अपने ग्रंथालय से एक किताब हाथ में लेकर उसके एक पन्ना खोलते ही एक भयंकर तूफान उठकर पाठशला की छत को उडाकर ले गया। मुझे और बच्चों को एक अजीब सी आवाज सुनाई दी। घबराहट से हम सब बच्चे मोहन चाचा के करीब दौडते गये। मोहन चाचा ने अपने हाथ में रही किताब मुझे सौंपते हुए कहा -"यह किताब तुम्हारे पिताजी की रिहाई में काम आएगी..." इतना कहकर वे वही अपने प्राण को त्याग लिए।

## अध्याय 3: खून

मैं 'मुक्तिमार्ग की पुस्तिका' के पन्ने पलटने लगी। उसमें 'मल्लिका की गुफा' के बारे में बहुत सारी जानकारियाँ मिलीं। पन्ना:163, वाक्य-34, में "मल्लिका की गुफा' में कैद हुए व्यक्ति को 'डेव का अभिषिक्त तेल और दोषमुक्त खून के जरिये बचाया जा सकता है। साँझ के वक्त सूरज और चाँद को तीन दिनों तक लगातार अटल खडे होकर एक साथ दिखें और यदि आपकी श्रद्धा और भक्ति व, इज्जतदार व्यवहार से जुदाह के राजा प्रसन्न होंगे तो यह चमत्कार का होता हुआ आप देख पाएँगे"। इस जानकारी से मेरी अचरज की सीमा का अंत न रहा। मैं जल्दी में उस किताब के पन्नों को पलटकर 'दोषमुक्त खून' से संबंधित जानकारी पर नजर डाली। उस जानकारी से संबंधित एक पन्ने में लिखा हुआ था-" पहला विचार- 'बदला लेने पर तुले 'गोला का खून', और दूसरा विचार – 'सिंहा का खून' जो माफी देने का गुणवाला है। सिर्फ 'विराट' ही सिंहा और गोला के खून में अंतर पहचान सकता है"।

## अध्याय 4: डेव का अभिषिक्त तेल

मैं डेव के अभिषिक्त तेल के बारे में पढने लगी। 'डेव तेल' एक अभिषिक्त तेल है। इसका असर एक आम जानवर के झुंड को पालनेवाले एक आम आदमी को महान योद्धा बनाने का सामर्थ्य रखनेवाला है। यह एक अनोखा तेल है। इस तेल को 'अलूप पर्वत' में मिलनेवाले अंजूर के फल तथा एक प्रकार के जीववृक्षों के तत्वों से बनाया गया है। यहा तेल कमजोर को पराक्रमी और बीमार को स्वस्थ बनाता है। यह किसी भी आयु के आदमी को अनूठा बल प्रदान करता है और इस तेल से हड्डियाँ लोहे की तरह मजबूत बनती हैं। इस तेल को 'जोल्थान' के नाम की घाटी में छिपाकर रखा गया है। यह घाटी जहरीले साँपों से भरी हुई है और ये साँप उस तेल की हिफाजत में लगे हुए हैं। ये साँप मल्लिका के हुक्म का पालन करते हैं। बेथेल् की प्रजा के विनाश के लिए मल्लिका ने इस तेल को इस घाटी में छिपाकर साँपों की निगरानि में सुरक्षित कर रखी है। जो भी इस घाटी में उतरने का साहस करेगा, वह जिंदा नहीं लौटेगा"। मैं एकसाथ सूरज और चाँद को तीन दिनों तक लगातार बिना गति के रोककर रखने के तरीकों को जानने के लिए उस किताब को आगे पढने लगी। पन्ना-38, वाक्य-8 में लिखा गया था-"जिस के छह पावँ, दो बदन और दो पँखे होंगे, ऐसा जीव यदि विनम्रता से प्रार्थना करेगा तो सूर्य और चाँद को बिना हिलाये तीन दिन तक रोक सकेंगे। सूरज के ढलने से पहले और चाँद के उगने के संधिकाल में ऐसे जीवि से की गयी प्रार्थना से जरूर यह कार्य मुमकीन होगा।

## अध्याय 5 : बौना परिवार

मैं, चिंटू और बंटी पाठशाला से वापस लौट रहे थे। बंटी मोहन चाचा को याद कर करके बहुत रो रही थी। मोहन चाचा तब से चिंटू और बंटी की परवरिश कर रहे थे जब वे बहुत छोटे थे। उन्होंने चिंटू और बंटी को माँ-बाप की कमी को महसूस होने नहीं दिया था। रास्ते में अचानक एक प्यारा सा सुंदर बालक हमारे सामने आ खडा हुआ। उसी देखते ही मैंने उसे उठाकर उसे पुचकारते हुए नाम पूछा तो उसने बताया-"छोटा जुदाह"। उतने में मैंने उसकी माँ को भी आती हुई देख लिया। उसने अपना नाम 'बेनिटा एड्वर्ड' बताते हुए खुद अपने बारे में कहा –"कुछ बरसों पहले मैं जुदाह के राजा की नवाजिश से गर्भवती होकर इस सुंदर बालक को जन्म दिया है। यह लडका तो जुदाह के राजा का हमशकल है"। जब माँ-बेटों ने हमसे इतना कहकर चल पडे तो मुझे अचानक याद आयी कि जो खत, मैंने कार्मेल के पहाड की चोटी पर 'बेनिटा' से लिखा हुआ पाया वह बेनिटा यह ही है और उसकी बेटा न होने की समस्या जुदाह के राजा से मिट गयी है। जब हम तीनों घर की तरफ चलने लगे तो एक गिलहरी को चिंटू के पीछे-पीछे आते देख लिया। वहीं हमने एक छोटा सा मकान भी देखा। उस छोटे से मकान में 'निक्', 'मिक्' और 'रिक्' नाम के तीन बौने आदमी रहते थे। मकान तो इतना छोटा था कि हमें पूरा सर झुकाकर घर के अंदर प्रवेश करना पडा। वे बौने लोग बहुत प्यार से हमारी मेहमानदारी की। उन्होंने बहुत प्यार से हमें स्वागत किया और खाने के लिए 'लहसुन की रोटियाँ और मछलियों को दिया। 'निक्' और 'रिक्' पति-पत्नी थे और उनका इकलौता बेटा था 'मिक्'। 'निक्' और 'रिक्' ने हमें तसल्ली दी कि वे जरूर मेरे पिताजी को 'मल्लिका की गुफा' से रिहा कराने में मेरी मदद करेंगे।

छोटा 'मिक्' ने हमारे गले लगाकर चूमकर हमारी विदा की।

## अध्याय 6: बिगुल,तलवार और 'पछ्तावे के पन्ने'

मैं और मेरे साथी दोस्त 'निक्' के घर से निकले और 'वेझेला समुंदर की ओर बढने लगे। जैसे ही हम समुंदर की ओर जाने लगे तो मल्लिका ने अपनी मंत्रशक्ति से एक कीचड के गड्डे को रचाया। उसका मानना था कि हम अपने आत्मविश्वास को खोकर वापस लौट जाएंगे। बंटी गड्डे में गिर गयी। बहुत कोशिशों के बावजूद भी हम उसे बाहर नहीं निकाल पाए। वह कीचड में डूबती ही जा रही थी। यहाँ तक कि अब सिर्फ उसका मुँह और ऊपर किए हाथ मात्र दिख़ रहे थे। तब एक बहुत ही होशियार और ताकतवर महिला हमारे पास दौडती आयी। उसने एक लंबी रस्सी की एक छोर को गड्डे में बंटी की तरफ फैंककर रस्सी की और एक छोर को पेड से बाँध लिया। उस रस्सी की मदद से वह बंटी को गड्डे से बाहर निकाल पायी। आँख और मुँह में गीली कीचड के जाने से बंटी पूरी तरह से अस्वस्थ और बेहोश हो गयी थी।

महिला ने बंटी को गोद में लिया। घबराहट से हम भी बडे-बडे कदम रखते हुए उस महिला के पीछे-पीछे जाने लगे। उस महिला ने बंटी को नहलाया। घावों को मरहम लगाई और जडी-बूटियों की दवा पिलाई। बंटी को सुलाकर उसे ठंड न लगे,इसलिए उसके कमरे में चूल्हा जलाकर कमरे को गरमायी। मैं और चिंटू डर के मारे बंटी के पास ही खडे थे। पूरी रात इसी घबराहट और चिंता में ही बीती। सुबह के होते ही महिला ने हमसे पूछा-"आप खाने के लिए क्या

लेंगे"? हम खाना स्वीकार करने की स्थिति में नहीं थे। वह भी ज्यादा दबाव डाले बिना थकावट के कारण सो गयी। हम भी बंटी के पास ही सो गये।

कुछ घंटों के बाद जब हमने उठकर देखा तो दोपहर हो चुकी थी। घडी 3.30 समय दिख़ा रही थी। चिंटू अभी भी सो रहा था। बिस्तर पर वह महिला नहीं दिख़ाई दी। मैं जब उसे ढूँढने निकली तो पायी कि वह रसोई घर में खाना पका रही है। मुझे देखते ही उसने मुझे बैठने के लिए कहा। उसने खाना परोसा। उसके घर में कोई और नहीं था। वह हमेशा हँसमुख रहती थी। उसकी आँखें हमेशा खुशी से चमकीली दिखती थीं। जब हम दोनो खाना खा रहे थे तब किसी की बडबडाने की आवाज सुनाई दी। मैंने सोचा जरूर यह बंटी की आवाज है। मैं बंटी के पास गयी। बंटी बिस्तर पर बैठी थी। वह महिला बंटी के पास जाकर उसका माथा चूमकर "अब तुम बिलकुल ठीक हो गयी हो। बेफिक्र रहो", कहकर उसे सांत्वना दी और बंटी को भी खाना खिलाई। फिर शहद में दवा मिलाकर उसे खिलाकर फिर थोडा सा आराम करने के लिए कहकर उसे सुलाने के लिए लोरी सुनाने लगी।

**(2) ''सो जा मेरी बुलबुल"**

"नीड में पंछी जैसे सोते जैसे फूल बगिया में।

जैसे पेड बिना हिले जो रुक जाते हैं खडे-ख़डे॥

सो जा मेरी प्यारी बुलबुल, सो जा प्यारी बंटी"।

लोरी सुनते-सुनते बंटी दुबारा सो गयी। उसे आराम से सोते देखकर टैकी और चोटू खुशी से फूला नहीं समाए। मैं

अपनी सारी कहानी उस औरत को सुनाई। 'मेरे पिताजी को मल्लिका से हुआ अन्याय, मेरा अकेलापन, सबकुछ ठीक-ठीक सुनायी। उस औरत ने मुझे निहोरते हुए जो बातें मुझसे कहीं, वे बातें मुझमें अदम्य जोश और भरोसा जगाईं। मुझे ऐसा लगा कि उसकी बातें मानो घाव भरने के लिए लगायी गई मरहम हो। चालीस के आसपास आयु की वह महिला फिर भी निखरती जवानी से भरी दिखती थी। उसकी जवानी के राज के बारे में जब मैंने पूछा तो वह घर के एक कमरे के अंदर गई और हाथ में दो द्‌वाओं की शीशे ले आयी। उन शीशो पर चिपकी सूची को पढ़ने पर पता चला कि वे कोढ के इलाज के लिए इस्तेमाल की जानेवाली जडी-बूटियाँ हैं। तब मैं अचरज से पूछी कि वह असल में है कौन!? उसने अपना नाम 'नोरा' बताया। आगे उसने कहा- "कोढे की बीमारी के कारण मुझे मेरे अपने लोग छोड दिये। यहा तक कि मेरे पति, मेरे पिताजी और भाइयों ने भी। मैं हर प्रकार की दवा करते करते अपनी बची कुछ धन से भी हाथ धो बैठी। पर किसी भी दवा से मेरी बीमारी ठीक न हो पाई। इतना ही नहीं, उन दवाओं का उलटा असर होने से मेरा स्वास्थ्य पूरी तरह से बिगड गया। मेरा शरीर जरजर हो गया था। शरीर की पीडा जब असह्य लगने लगी तब मैंने जुदाह के राजा के नाम खत लिखकर बीमारी को खत्म करने की मन्नत माँगी। कुछ ही हफ्तों में मेरी बीमारी गायब हुई। मैं अन्य दवाओं को लेना भी छोड दिया। जैसे जैसे बीमारी सुधरती गयी वैसे वैसे शरीर की निखार भी लौटने लगा। अब तो मैं अपने जीवन के निर्वाह के लिए 'लहसुन की रोटियाँ बनाकर उन्हें बेचकर धन कमाती हूँ"।

उसकी बाते सुनते-सुनते मुझे 'कार्मेल पहाड' की चोटी पर पडी तीसरी खत की याद आयी। मैं अब उलझन में पड गयी थी। 'नोरा' की त्वचा अब इतनी मुलायम और चमकीले रंग की हो गयी थी कि अब उसे देखनेवाले बिलकुल अंदाजा भी नही लगा पाते कि यह महिला एक वक्त कोढे की बीमारी का शिकार बनी थी।

नोरा कंदील हाथ में लिए बाहर चली। पूछने पर उसने बताया कि वह बंटी के स्वास्थ्य सुधरने हेतु मन्नत माँगने के लिए कार्मेल पहाड की तरफ जा रही है। वह जल्दी से पहाड पहुँचकर बंटी के स्वास्थ्य की प्रार्थना करते राजा के नाम पर खत लिखकर वहाँ डालकर वापस लौटी। उसे यकीन था कि जरूर उसकी मन्नत स्वीकार होगी।

वह सिर्फ बंटी के स्वास्थ्य के लिए मात्र नहीं बल्कि बंटी को गोद लेने की इच्छा को सफल बनाने हेतु प्रार्थना करने के लिए राजा से अरज की थी क्यों कि उसे पता चल चुका था कि बंटी और चिंटू लावारिस हैं। जब नोरा वापस घर लौटी तो बंटी आराम से बैठी थी। चेहरा चमक रहा था। नोरा बंटीको पुचकारने लगी।बंटी को नोरा का प्यार बहुत ही अच्छा लग रहा था। नोरा के प्यार में अपनी माँ की ममता की झलक देखकर माँ की याद में बंटी रोने लगी। नोरा ने इसे गले लगाकर कहा-"मैं तुम्हारी माँ ही हूँ। यदि तुम चाहोगी तो मैं तुम्हें अपनी बेटी बनाकर अपने पास ही रख़ूँगी और खूब प्यार दूँगी"।

बंटी प्यार से नोरा से गले लगाई। दोनों की आँखों में खुशी के आँसू बह रहे थे। बंटी को और कुछ हफ्तों तक आराम करने की जरूरत थी। नोरा ने कहा-"बंटी इस हालत में

आप के साथ नहीं चल सकती। उसे और कुछ दिन यहीं रहने दीजिए। उसकी देखभाल की जिम्मेदारी मुझपर छोडिए। मैं उसे सँभालूँगी"। मुझे तो आगे चलना ही था। पिताजी की रक्षा करने में लापरवाही नहीं की जा सकती। बंटी को यही छोडने की सूचना नोरा को देकर हम अगली यात्रा की तैयारी करने लगे। यदी बंटी जाग जाएगी तो वह यहाँ रहने के लिए मानेगी या नहीं, कुछ बता नहीं जा सकता था। इसलिए बंटी के सोते समय ही यहाँ से निकल जाने के बारे में तय किया गया। नोरा हमें रास्ते में भूख मिटाने के लिए 3 दिन तक काफी हो सके उतनी रोटियाँ और पानी को भी ले जाने का प्रबंध किया। साथ ही साथ रास्ते में जरूरी खर्चे के लिए 30 हुन्ने भी दी। मैं टैकी, चोटू और चिंटू के साथ आगे बढी। रास्ते में बिजली के समान एक प्रकाश हमारे सामने खडा हुआ देखकर हम घबरा गए। उस प्रकाश में एक 'गीधड' को खडा हुआ हमने पाया। उस गीधड के सर के पीछे एक प्रकाश का गोला भी दिख रहा था। देखते ही देखते वह प्रकाश ज्यादा चमकते-चमकते बढने लगा। हम डर के मारे अपनी आँखे मूँद ली। तब वह गीधड एक सुंदर पुरुष के रूप में अपना रूप बदलकर खुद का नाम 'विराट' बता दिया।

वह हमको एक तलवार और 'बिगुल' देकर बताया कि "जब भी आप मुसीबत में होंगे और उलझन में पडेंगे तब इसे बजा देना। तुरंत मैं आपके समक्ष उपस्थित हो जाऊँगा। पर याद रहे, आप सिर्फ तीन बार मात्र मुझे इस बिगुल बजाकर बुला सकेंगे। इसलिए अति अनिवार्य स्थिति में मात्र इसका इस्तेमाल करें"। इतना कहते ही वह प्रकाश गायब हो गया और उसके साथ 'विराट' भी। मैंने

*समझदारी से इन सुनहरें मौकों का इस्तेमाल करने का मन ही मन निश्चय कर लिया।*

## अध्यायः 7 - 'वेझेला समुंदर

मैं, चिंटू, टैकी और चोटू तीनों मिलकर 'वेझेला समुंदर' के पास गये। समुंदर के ऊपर से ठंडी हवा चल रही थी। समुंदर की ऊपरी परत बर्फ बनी हुई थी। मेरा शरीर तो काँप रहा था, पर मेरा इरादा अटल था! चिंटू उस ठंडी हवा को सह नही पाया।उसके दाँत थर्रा रहे थे। वह आगे बढ नहीं पाया। उसके पाँवों से खून बहने लगा। मल्लिका अपनी मंत्रशक्ति से यह सब देख रही थी। वह एक जहरीली मकडी रचाकर हम पर छोडी। वह मकडी चिंटू के पावँ को काटा और चिंटू शरीर में जहर के फैलने से तडपने लगा। मुझे कुछ नहीं सूझा कि क्या करें!? कैसे चिंटू को बचाया जाए!? आखिर में मैंने 'विराट' को बिगुल बजाकर बुलाई। वह हमारे सामने प्रकट हुआ। वह अपनी शक्ति से आग रचाकर उस आग से उस जादूई मकडी को जला डाला। चिंटू बच गया। मुझे इस जोखिम भरे काम में चिंटू को साथ ले जाना ठीक नहीं लगा। पर करे क्या!? उतने में मुझे एक बर्फ का मकान दिखने लगा। उसके सामने एक बूढा आदमी लकडी से आग जलाकर हाथ-पैर को गर्मी पहुँचाते बैठा था। मैंने उस बूढे आदमी से विनंति की कि मेरे लौटने तक चिंटू को अपने पास रखने की जिम्मेदारी ले। उस बूढा आदमी ने इस काम के लिए 5 हुन्ने माँगा। मैंने 5 हुन्ने देकर चिंटू को उस घर में छोड़कर टैकी और चोटू के साथ 'वेझेला समुंदर' की ओर बढी। मैं अमित विश्वास से जुदाह के राजा को याद करते समुंदर में कूद पडी और मेरे पीछे-पीछे चोटू और

टैकी भी। समुंदर में 'सिंहा के खून' की खोज से मैं थकने लगी। 'मल्लिका' ने एक जादूई मछली( व्हेल) को रचाकर मुझपर छोडा। वह बडी मछली मुझे निगल गयी। मैं उसके पेट में करीब चौदह घंटों तक बेहोश पडी रही। तभी मेरे सौभाग्य से मत्स्य साम्राज्य की युवरानी 'नयनांतरा' ने मछली से इनसानों की बू आती महसूसकर अपने सैनिकों को उस मछली को मारकर, उसके पेट से इनसान को निकाल देने की हुक्म दी। जब उसके सैनिक मछली का पेट चीरकर मुझे बाहर निकाला और मुझे युवरानी की आज्ञा के अनुसार महल के अंदर ले जाया गया। उसने यह भी कहा कि मुझे और मेरे साथी टैकी और चोटू को अच्छी तरह से सत्कार करें। जब मैं अगले दिन होश सँभाली तो टैकी और चोटू ने ये सारे किस्से मुझे सुनाये। मैंने 'नयनांतरा' के प्रेम से प्रभावित हो गयी थी। मैंने उसका शुक्रिया अदा किया। 'नयनांतरा' ने हम तीनों को महल के भोजनालय में ले जाकर मनपसंद खाना खिलाया। अब मुझे दुबारा मेरा वही खयाल सताने लगा कि 'सिंहा का खून' कहाँ रहा होगा!? इसके बारे में मैंने जब नयनांतरा से कहा तो वह यह खबर अपने पिता सम्राट 'अक्वाना' को दी। सम्राट अक्वाना ने जलशक्तियों को हुक्म दिया कि 'सिंहा के खून' को रखी हुई जगह का पता लगाए। जब सिंहा के खून रखने की जगह का पता लग गया तो उसे दिखाने से पहले सम्राट ने मुझसे इस मदद के बदले मुझसे भी एक वादा माँगा। उसने कहा-"मेरी बेटी किसी भी मत्स्य युवा से शादी नहीं कर सकती है। यदि ऐसा हुआ भी, वे दोनों शादि की पहली रात में ही मर जायेंगे। पर 'जोल्थान घाटी' में एक 'सूर्य' नाम का महान योद्धा है। उसके साथ नयानांतरा की शादी हो सकती है। पर वहा भी

एकाद समय सब कुछ भूल जाने की मंत्रशक्ति के काबू में है। वह कुछ याद रखेगा भी तो भी वह तनिक समय के लिए मात्र ही। हाँ, पर जब नयनांतरा और सूर्य एकांत में साथ होंगे तो सूर्य इस सब कुछ भूल जाने की मंत्रशक्ति के प्रभाव से बाहर निकल आएगा। मैंने राजा को वादा किया कि जरूर नयनांतरा और सूर्य की मुलाकात होने में मैं उनकी मदद करूंगी। राजा ने मुझे एक जल-तुरी देकर सूर्य से मिलने पर इसे बजाकर उसे सूचित करने के लिए कहा। मैं जलशक्तियों से दिखायी गयी 'सिंहा के खून' को रखी गयी जगह पर पहूँची। वहा पहुँचकर मैं फिर उलझन में फँस गयी कि वहाँ खून को रखे दो मटके हैं! उसमें 'सिंहा का खून' कौन सा रहा होगा!? मैं दूसरी बार बिगुल बजाकर 'सिंहा के खून' का पता लगाने के लिए 'विराट' की मदद माँगी। विराट एक प्रकाश के रूप में मेरे सामने आया। उस प्रकाश के फैलाव मात्र से 'गोला के खून' का मटका गायब हो गया। मैं खुशी खुशी से विराट को धन्यवाद देते हुए चोटू और टैकी के साथ 'सिंहा के खून को रखा हुआ मटका हाथ में लिए समुंदर से बाहर आयी। सीधा अब हम उस बर्फ के मकान पहुँचे जहाँ हमने चिंटू को छोड आए थे। वह अब बिल्कुल ठीक था जिसे देखकर हमें बहुत सुकून मिला।

## अध्याय:8 - 'जोल्थान की घाटी

मैं अपनी साहसिक यात्रा को अपने दोस्तों के साथ जारी रखी। कुछ दूर जाते ही मुझे 'प्रशंसापूर्ण गीतों' की आवाज सुनाई दी। उस आवाज की सुराग पकडकर जब हमने एक लकडी से बने घर में प्रवेश किया तो पाया, एक सफेद कपडे पहनी सीदी-सादी औरत वहाँ बैठी है। वह मल्लिका पर

लिखे गये प्रार्थना गीत जप रही है। वहाँ बैठे अन्य लोग उसके साथ सुर मिला रहे थे। जब हमने उन लोगों की टोली के पास जाकर उस औरत और उन लोगों के बारे में पूछा तो पता चला कि उस औरत का नाम 'जोअन्ना' है। उसके साथ जो लोग प्रार्थना गीत गाने में शामिल थे, वे सब एक वक्त बहुत ही कामुक अय्याश लोग थे। खुद 'जोअन्ना' भी पति की गैरमौजूदगी में पति से विश्वातघात करके खुद गुप्त बीमारियों का शिकार बनी थी। मल्लिका के साँप के जहर को दवा के रूप में जब मल्लिका के निर्देश पर लिया गया तब जोअन्ना को अपनी बीमारियों से छुटकारा मिला। आगे खुद को 'जोअन्ना' बतानेवाली महिला ने बताया-"जुदाहके राजा को लिखे खतों से मुझे कोई फायदा नहीं हुआ"। उसकी बातों से मुझे बहुत दुःख हुआ। मैं अपने दोस्तों के साथ आगे निकल पडी। कुछ दूर जाकर जब मैं उस लकडी के घर की ओर देखा तो वहाँ न घर था या कोई आदमी! मैं तो अचरज और घबराहट से होश गवानेवाले ही थी। उसी समय मैं 'सकारात्मक पाप-स्वीकृति पुस्तिका' के पन्ने को खोलकर कुछ पन्ने पढने लगी। उसमें लिखा था –" यदि तुम पक्के इरादे से कोई नेक काम करने का इरादा रखते हो तो जरूर तुम हर बूरी शक्ति को तुम्हारे वश में ला भी सकते हो। तुम्हारे खिलाफ कोई भी जादूई विद्या टिक नहीं सकती। कोई तुम्हारे पीछे तुम्हारी बुराई करने के बारे में सोचे तो वह सात दिशाओं में बिखर जाएगा, क्योंकि तुम सब विजेताओं में से कुछ खास हो और सच्चे अर्थ में 'विजेता' कहलवाने का लायक हो। तुम नाकामयाब नहीं हो सकते हो क्योंकि नाकामयाबी तुम्हें छू नहीं सकती। तुम हमेशा सही शक्ति, युक्ति, समझदारी, धीरज और आत्मविश्वास से भरे रहते हो। उलझन, डर या

कमजोरी तुममें पनप नहीं ले सकते हैं"।

जैसे ही मैंने 'सकारात्मक पाप-स्वीकृति पुस्तिका' के पन्नों को पढते गयी तो मुझमें दुबारा खोया हुआ आत्मविश्वास जाग उठा। दिल में एक नया सा भरोसा उमड पडा। फिर भी सच के फर्दाफाश के लिए मैंने आखरी बार 'विराट' की मदद माँगी। 'विराट' मेरे समक्ष उपस्थित हुआ और मुझे जोअन्ना की कब्र और उसके आवास की गवाही के दृश्य की झलकें दिखा दिया। जोअन्ना बीमारी से छुटकारा पाकर पवित्र और खुशी का जीवन बिताते हुए अंतिम साँसे ली थी। विराट ने कहा-"इसका पूरा श्रेय जुदाह के राजा को ही मिलना चाहिए"। 'विराट' के प्रकाशमें मुझे और कुछ दृश्य दिखाई दिए। उसमें मैंने यह् देखा कि कैसे मल्लिका मेरे हर चाल पर निगाह रखी है। मल्लिका के सैनिक बैनियों के घर कुछ हलचल को चलते देख लिये थे। उन्हे यह भी पता लग चुका था कि मैंने अपने पिताजी को मल्लिका की गुफा से रिहा करने का बीडा उठा लिया है। मेरे पिताजी की रिहाई के लिए मैं जो जो कदम उठा रही हूँ, उन सभी के बारे में वे वाकिफ थे। मुझे कैद में रखने के लिए मल्लिका की का हुक्म पाने के लिए वे मल्लिका के पास गये थे। पर मल्लिका को तो अपनी कुयुक्ति-षड्यँत्र और जादूई विद्या से मेरे बच निकलने का 'बिल्ली-चूहे का खेल' बहुत खुशी दे रही थी। वह हँसते-हँसते इसकी मजा ले रही थी। मल्लिका का ध्यान मुझे नाकामयाबी की ड्गर पर पहुँचाना थ। लकडी के घर में जोअन्ना के रूप में दिखी महिला सच में 'मल्लिका' ही थी और उसके साथ रहे लोग मल्लिका के सैनिक! यह भी मुझे भ्रमित करने के लिए मल्लिका से खेला गया खेल ही था। विराट से मुझे और

एक विषय के बारे में जानकारी मिली कि 'डिया' अपने पति और बच्चों के साथ खुशी से जिंदगी गुजार रही है। विराट ने कहा-"जुदाहके महाराजा हर रात पहाड की चोटी में पडे खतों को पढकर उन खतों में बताई गयी समस्याओं के हल बताते हैं। पर खत वही पडे रहते हैं। इन खतों को वही पडे देखकर तुम्हारे मन में शंका पैदा हुई है। इतना ही नहीं, तुम्हारी माँ ने भी अपनी बीमारी से छुटकारा पा लिया था। पर उसके अपने परिवार से बिछुडने की वजह बताने का हुक्म राजा ने मुझे नहीं दिया है। मोहन चाचा के पास 'मेलिस्सा' को भेजकर 'मुक्तिमार्ग की किताब' की जानकारी देनेवाले भी जुदाह के राजा ही थे"। इतना कहकर विराट गीधड का रूप लेकर उड गया। मैंने अब समझ लिया कि सचमुच जुदाह के राजा परम दयालु है। मेरा सर भक्ति से राजा को प्रणाम करने के लिए झुक गया। मेरी आँखे भर आयीं। मैंने उनका शुक्रिया अदा किया। मुझे अब पूरा विश्वास हुआ कि महाराजा अब भी जिंदा है और मेरे खत के जवाब में मेरी समस्या का समाधानवे जरूर बताते रहेंगे। उसी समय मैंने एक अद्भुत प्रकाश को फैलते देखा जिसमें सोने का ताज पहना हुआ एक राजपुरुष दो पँखों के घोडे पर बैठकर मेरी तरफ ममता भरी नजर से देख रहा था। मुझे यह जानने में देर नहीं लगी कि यह राजपुरुष कोई और नहीं, स्वयं जुदाह के राजा ही है। उसकी ममता भरी नजर किसी पिता की ममता भरी नजर से कम नहीं थी। मैंने उसके चरणों में सर नवाया। जब उठी तो वह राजपुरुष वहाँ नहीं था।

मैं और मेरे दोस्त अब आगे बढने लगे। जोल्थान की घाटी के करीब हम पहुँच चुके थे। इतने में मुझे कुछ जंगली

लोगोँ की टोली हमारी तरफ आती नजर आयी। उनकी शक्ले, हुलिया अजीब से थे। वह एक नरभक्षी जंगली लोगोँ की टोली थी। मैँ डर से काँपने लगी। मैँ अब विराट को भी बुला नही सकती थी क्योँकि तीन बार मैँ उसे बुलाकर उससे मदद पा चुकी थी। अब और कोई चारा नहीँ था। उतने मेँ उस टोली का नेता मुझे और मेरे दोस्तोँ को एक चूल्हे पर रखे बडे मटके मेँ पानी मेँ डाल दिया। साथ ही कुछ तरकारी,मसाला डालकर चूल्हे मेँ आग जलाने की तैयारी करने लगा। मैँ अब और कुछ चारा न होने के कारण 'पाप-स्वीकृति की पुस्तिका' के पन्नोँ के वाक्योँ को मन ही मन जपने लगी। उसी समय वहाँ कोई एक योद्धा पेड से कूदकर उन नरभक्षी लोगोँ पर टूट पडा। वह बहुत ही पराक्रमी था और बिना कोई हथियार के उन सभी नरभक्षी लोगोँ को मार भगाया। जब मैँने उस योद्धा पर अपनी नजर फेरी तो मेरे मन मेँ उसके प्रति प्यार जगा। मेरे सपनोँ का राजकुमार उन सैँकडोँ नरभक्षियोँ के साथ अकेला लडता देखकर मैँ खुशी से फूला नहीँ समायी। शरम से मेरा चेहरा लाल पड गया था। मैँ बिना पलक झपके उसकी ओर देख रही थी। अब वह वीर नरभक्षियोँ के नेता की ओर बढने लगा। जैसे ही योद्धा की नजर मुझपर पडी और मेरी खूबसूरती से तनिक दंग सा रहकर शायद मेरा यहाँ फँसने की वजह के बारे मेँ सोचता रहा होगा, उतने मेँ नरभक्षियोँ का नेता, उसका ध्यान हटने का फायदा उठाकर उसकी भुजा पर जोर से वार किया। दर्द से पीडित योद्धा नरभक्षियोँ के नेता पर उल्टा वार करके एक ही प्रहार से उसको मार गिराया। अब वह वीर हमारी तरफ बढा और सभी को मटके से बाहर निकाला। जब वह मुझे मटके से बाहर निकालने लगा, तब एक लोहे जैसे पुरुष के

छूने से मैँ पुलकित हो उठी। मैँ कुछ बोलने की स्थिति में न रही। वह हम सबको अपने घर ले गया। थकावट के कारण चिंटू सोने लगा। टैकी मीठी आवाज में हमारी श्रृंगार भावनाओँ को सुर का रूप देते हुए गा रहा था। जिस सपनोँ के राजकुमार की कल्पना, मेरी जैसी जवान लडकी आम तौर पर मन ही मन करती है, ठीक वैसे ही सपनोँ के राजकुमार को निजी तौर पर पाकर मैँ तो दुनिया को ही भूल चुकी थी। मुझमेँ श्रृंगार भावनाओँ की लहरेँ दौड रही थीँ। उसने मेरे लिए एक फूल से बनी शय्या रचायी। मैँ तो उसकी सुंदरता को आँखोँ में भरते-भरते सारी दुनिया को ही भूल चुकी थी,यहाँ तक कि मेरे लक्ष्य को भी! उसने जब मुझे सोने के लिए कहा तो उसकी आवाज मैँ सुन न पाई। वह खुद आकर मुझे बाहोँ से उठाकर शय्या पर लिटाते हुए कह-"भगवान तुम्हारी रक्षा करें। तुम्हें मीठी नींद की झुलवे मे झुलाए"। इतना कहकर जब वह मुडा तो मैँने उसको पास खींचते हुए कहा- "जो बिना हथियारोँ से सैँकडोँ लोगोँ से लडे, वह जब मेरे पास खडा हो तो मुझे किसका डर!? इतना कहकर मैँ मुस्कराई तो उसकी होँठोँ पर भी शरारत की हँसी नजर आयी।

जब वह मुझे चूमने की ताक मेँ था तब मैँने उसे कहा कि वह मुझसे शादी कर ले। वह सुंदर योद्धा झट से मेरी बात मान लिया और कहा -"अच्छे काम में देरी क्योँ!? हम अभी इस चाँद को गवाह रखकर शादी कर लेँगे"। उसने मुझे नदी के किनारे ले जाकर नांव मेँ बिठाकर नदी के उस किनारे पर ले गया। चाँदनी की मदहोश रोशनी में हमारी आँखे प्यार के नशे मेँ मस्त थी। जंगल के फूलोँ से बनी मालाओँ को हमने पहनकर शादी के रस्मोँ को पूरा किया। अब मेरा

कोमल स्त्रीत्व और उस योद्धा का पुरुषत्व का मिल जाने की घडी करीब आ गयी थी। मैं उसके बाहों में सारी जगह को भूल गयी थी। हम आपस में चुंबन ले रहे थे। शादि के पवित्र बिस्तर पर हम एक हो गये थे। हमारे वे मधुर लमहे जन्नत की दहलीज पर हमें ख़डा कर दिये थे। वह एक बिना नींद की रात बन गयी थी।

जब मैं अगले दिन जाग उठी तो दोपहर हो चुकी थी। मेरे पति को मेरे पास एक मुग्ध बच्चे की तरह सोते देखकर मुझे उसपर प्यार उमड आया। मैं उसके माथे पर हाथ फेरकर, उसे चूमकर बिस्तर से उठी। बीती हुई रात की मीठे पलों को याद करते-करते नदी के पास नहाने गयी। मुझे विश्वास ही नहीं हो रहा था कि मेरी शादी मेरे सपनों के राजकुमार से हुआ है।

जब मैं नदी में नहाकर किनारे पर आयी तो मैं एक युवरानी की तरह दिखने लगी थी। तब आसमान में छाए काले मेघों में दो डरावनी आँखे दिख पडीं। मुझे उन बादलों से एक आवाज सुनाई दी-"ओह! दुनिया की हर एक खुशी और उमंगों से भरी जवान लडकी, तुम अपनी भावनाओं की लहरों पर चढकर बुराई की खाई में कूद पडी"। इतना कहकर वह काला मेघ गायब हुआ। मैं बिलकुल समझ नहीं पायी कि मेरे साथ क्या हो रहा है!? मैं घबराहट और कातरता से मेरे पति के पास गयी। वहाँ मेरा पति नहीं था। चिंटू अभी सो रहा था। चोटू और टैकी भी गायब थे। मैं सोच में पड गयी-'हे भगवान, मैं क्या करूँ, कहाँ जाऊ! मैं कही भी उनको देख नहीं पायी। मैं वापस वही घर लौट गयी जहाँ हम पिछली रात ठहरे थे। घंटो बाद मुझे नदी के

किनारे के पास कोई आदमी दिखा दिया। मैंने थोडा और करीब जाकर देखा तो मेरी खुशी की सीमा न रही! वह मेरा पति ही था। वह नदी में नहा रहा था। मैं उसके बाहर आते ही गले लगाने के लिए आगे बडी तो उसने मुझसे पूछा- "अरे कन्या!, तुम कौन हो? कहाँ से आयी हो?जोल्थान की घाटी यहीं करीब है। यह जगह सूरज के ढलने के बाद औरतों के लिए खतरनाक है"। उसकी छाती पर 'सूर्य' लिखा हुआ था। मैं समझी, नियंतरा और अक्वाना को जिस योद्धा की तलाश थी वह योद्धा यही है। मेरी आँखे आँसुओं से भर आईं। रास्ते में किसी ने पूछ- "तुम कितना खूबसूरत हो। क्या तुम्हारी शादी हुई है!? जब उसने ऐसा सवाल मुझसे किया तब सूर्य मेरे साथ ही चल रहा था। मैं बहुत दुःखी थी। मैं चिल्ला-चिल्लाकर दुनिया से कहना चाहती थी कि यही सूर्य मेरा पति है। पर मेरा मन कह रहा था- "तू बद्नसीब हैं इषिका"। तब दुबारा वे डरावनी आँखे बादलों में से मुझे दिखने लगीं। बादलों से आवाज सुनाई दी- "ओह, बालिका, रो मत"। मैंने उन आँखो से पूछा- "आप कौन हैं!? तब उन बादलों में मुझे मल्लिका की छाया दिखने लगी। उसने कहा- "प्यारी इषिका, तुम और सूर्य के बीच जो कुछ भी हुआ तुम मुझे साफ साफ बता दो। उससे गले लगाकर पूरी जिंदगी 'गिरी हुई औरत' बनकर ही रहो। तुम नियंतरा और उसके पिता को दिए गए वचन तोड चुकी हो। अब तुम और तुम्हारे पिता हमेशा के लिए मेरे कब्जे में होंगे"। यह कहते हुए वह जोर जोर से हँसने लगी।

मैं आँसू बहाते हुए उससे कही- " मैं कभी भी तुम्हारे काबू में नहीं आऊँगी मल्लिका" मैं तुम और तुम्हारी जादूई शक्तियों को जुदाह के महाराजा की कृपा से मिटाकर ही

रहूँगी"। उसे आगे कुछ बोलने का मौका ही न देते हुए मैंने कहा- "ठगिनी मल्लिका,मेरे पिसल जाने पर जश्न न मना। मैं दुबारा उठ खडी हो जाउँगी। और जब मैं दुबारा उठ खडी होऊँगी तो जुदाह के महाराजा की कृपा के आगे तू कही का भी नहीं रहोगी। हमेशा याद रखना, मैं जुदाह के महाराजा की सच्ची प्रजा हूँ"।

जब मैंने जुदाह के महाराजा का नाम लिया तो मल्लिका वहाँ से गायब हो गयी। चोटू और चिंटू मुझे पुकारते-पुकारते दौडते हुए मेरे पास आये। वे मेरे न दिखने से बहुत डर गये थे। चोटू और चिंटू को मेरी और सूर्य की शादी के बारे में कुछ भी पता नहीं था। मैंने आँसू पौंछते हुए सूर्य से कहा-"प्यारे सूर्य, मैं तुम्हारी होनेवाली पत्नी मत्स्य कन्या नियंतरा की खास सहेली हूँ। जब आप दोनो एक होंगे, तब मंत्रशक्ति की वजह से तुम्हारे साथ हुई घटनाओं को भूल जाने की तुम्हारी कमजोरी दूर होगी"। सूर्य ने मुझसे गले लगाकर धन्यवाद दिया।

मैं नदी के पास जाकर अक्वाना से दी गयी जल-तुरी को फूँकी। नदी के जल में से बुलबुले उठने लगे और उनमें से अक्वाना और नियंतरा बाहर निकल आये। मत्स्य राजकुमारी 'नियंतरा' की आँखों में खुशी के आँसू छलकने लगे थे। नियंतरा ने सूर्य का हाथ थामा। सभी मुझे धन्यवाद कहते हुए वहाँ से गायब हुए। यह सब पलक झपकते ही हो चुकी थी। मैं फिर अकेली सी रह गयी। 'जोल्थान की घाटी' कुछ ही दूरी पर थी। यह उदास होने का वक्त नहीं था। मुझे आगे बढ जाना था और लक्ष्य को पाना था।

हमने उस रात को वही विश्राम किया। अगले दिन हम 'जोल्थान की घाटी' पहुँच गये। जोल्थान की घाटी बडे-बडे बरगद के पेडों से घनी बनी हुई थी। वे पेड चमकीले, हर रंग के और अंडे जैसे दिख रहे थे। उन पेडों के रस्सी जैसे जड घाटी के बहुत गहराई तक उतरे हुए थे। घाटी के तले मल्लिका के दो साँप 'डेव के अभिषिक्त तेल' की रक्षा के लिए तैनात थे। उन साँपों में से एक था-'पैथान' और दूसरा था 'किंग कोब्रा'। मैं एक जद्ड को कस के पकडकर घाटी में उतरी। मेरे पीछे-पीछे चिंटू और टैकी भी उतरे। मैं एक हाथ में 'सकारात्मक पाप-स्वीकृति पुस्तिका' और अन्य हाथ में तलवार लेकर तैयार थी। मेरे मुँह से लगातार 'सकारात्मक पाप-स्वीकृति की किताब' के मंत्र निकल रहे थे। पहले पैथान मुझे मारने के लिए मुझपर हमला किया। मैंने एक ही वार में पैथान को मार गिराया। जब मैं आगे बढी तो एक मिट्टी के मटके में 'डेव के अभिषिक्त तेल' को देखी। मैं जीत के करीब थी। और बढते आत्म विश्वास से मैं ने सकारात्मक पाप-स्वीकृति की किताब के मंत्रों का जाप करते-करते मन ही मन जुदाह के महाराजा का स्मरण करते हुए आगे बढा तो पायी कि किंग कोब्रा मरा पडा है। मैं 'डेव के अभिषिक्त तेल' को हाथ में लिए मेरे दोस्तों के साथ जोल्थान की घाटी के ऊपर आ पहुँची।

## अध्याय 9: अद्भुत आग

मैं और मेरे दोस्त मल्लिका की गुफा की तरफ बढने लगे। हमारे पास अब डेव का अभिषिक्त तेल और 'सिंहा का खून'मौजूद थे। मल्लिका और उसकी गुफा को नष्ट करने के इरादे से हम आगे बढ रहे थे। मैं अपने पिता को किनारे

लगाने के लिए अत्यंत उत्सुक थी। 'अभिषिक्त का तेल' और 'सिंहा का खून' को मल्लिका की गुफा पर डाल देने पर तीन दिनों तक सूरज और चाँद स्थिर रहेंगे, यह तो निश्चित था। अब मैं सोच रही थी, छह पावँ, दो बदन और दो पँखोंका जीव कौन सा होगा जिसकी श्रद्धा से भरी प्रार्थना से मेरा लक्ष्य पूरा हो सके!? मैं इस जीव के बारे में बिलकुल अंजान थी। वह कहाँ रहता होगा!? इसका भी मुझे कुछ भी अंदाजा नहीं था। मैं पहाड के पास सूरज के ढलने के समय को करीब आता देखकर चिंता में डूबी बैठी थी। चिंटू, चोटू और टैकी मेरे साथ ही थे। उस वक्त चिंटू ने छह पावँ, दो बदन वा दो पँखोवाले जीव का साया को देख लिया। जब हमने गौर से देखा तो पाया कि टैकी चोटू के सर के पास खडा था। "मैंने उस जीव को ढूँढ लिया"! चिंटू खुशी से चिल्ला रहा था। अब हमें टैकी और चोटू इन दोनों की श्रद्धा से भरी प्रार्थना की जरूरत थी। ये दोनों जब एक साथ खडे होंगे तब ही जिस जीव की अपेक्षा हमें थी, उस जीव की मौजूदगी होगी। मैंने राहत की साँसे ले लीं। चोटू और टैकी अपनी महत्ता से वाकिफ थे। हम सब मिलकर मल्लिका की गुफा की तरफ चल पडे। टैकी और चोटू जुदाह के महाराजा की शरण में जाकर उनको याद करने लगे। जैसे बताया गया था, वैसे अब चाँद और सूरज अपने कक्ष में स्थिर खडे रह गये। मैं और चिंटू मल्लिका की गुफा पर 'सिंहा का खून' और डेव के अभिषिक्त तैल को छिडकने लगे। तब पूरी गुफा भारी धमाकादार आवाज के साथ दहकती आग में जलने लगी। मल्लिका के सारे सैनिक उस आग में जलकर राख हो गये। लगातार तीन दिन और रातों के बीतने के बाद मल्लिका की गुफा की जगह से बेथेल् की मल्लिका से कैद में रखे गए लोग और

मेरे पिताजी बिना जोखिम के बाहर आ गये। उन सबको 'सिंहा का खून' और 'अभिषिक्त तेल' से पवित्र किया गया। यह दिन 'पिताजी के कैद हुए चालीसवा दिन था। मल्लिका अपनी सारी मंत्रशक्तियाँ खो चुकी थी। वह अब अभिषिक्त तेल और 'सिंहा के खून' की शक्ति से बनी झंझीरों में कैद हो चुकी थी। 'मुक्तिमार्ग की पुस्तिका' में लिखा गया था –'जब बेथेल् की प्रजा बारंबार पाप करते जाएंगे, तब मल्लिका दुबारा इन झंझीरों के बंधन से आजाद हो जाएगी'। मल्लिका ने कैद होने से बेहतर अपने प्राण को त्याग देना ही योग्य समझा। वह अपने प्राण त्यागकर अपनी आत्मा को 'सिंहा के खून' को रखे गए मटके में समाया। उसके गुस्से की आग को न सहते हुए वह मटका तूफान के द्वारा 'वेझिला समुंदर' में जा गिरा। हमें इस बात का अंदाजा न होने के कारण हम यही सोच बैठे कि 'मल्लिका' पूरी कमजोर हुई है और कैद में ही अपने अंतिम दिन गिन लेगी। यदि हम 'जीवन पुस्तिका' के नियमों को ठुकराकर पुनः बेकाबू मौज-मस्ती का जीवन अपनाएंगे तो वह अपनी शक्ति को पुनः पाकर अपना जादूई साम्राज्य स्थापित कर लेगी।हमने मन ही मन यह ठान लिया कि हम हमेशा नेक रास्ते पर ही चलेंगे।

## अध्याय 10: बेथेल् की आजादी

पूरी बेथेल् की धरती पर आजादी की खुशी छा गयी थी। बेथेल् की जनता अब अपने परिवार के सदस्यों के साथ मिल चुकी थी। सभी जगह दावत का इंतजाम हो चुका था। सभी लोग जुदाह के महाराजा और राजकुमार की प्रशंसा में

नाच-झूम रहे थे। जब मैं अपने पिताजी को गले लगाया तो दोनों की आँखों में खुशी के आँसू बह रहे थे। नोरा बंटी के साथ खुश थी। मैं भी उनकी खुशी में शामिल थी। डिया अपने पति और बच्चों के साथ दावत में शामिल हो चुकी थी। निक् और उसका बैनों का परिवार भी बहुत खुश था। बेनिटा अपने पति और अभी-अभी जन्मे बच्चे के साथ खुशी से सरोबर थी। अब ये सब आजाद धरती के 'प्रजाप्रेमी धार्मिक जुदाह के राजा' के संतुष्ट प्रजालोग थे। संप्रदाय के अनुसार जुदाह के राजा के शासन काल में जिस प्रकार मनाया जाता था ठीक उसी प्रकार सांप्रदायिक उत्सव में खुशी से हिस्सा लेकर जन आनंदित हुए।

## अध्याय 11 : आशा

सब लोग उत्सव के बाद अपने अपने घर लौट गये। मैं अपने पिताजी और दोस्तों के साथ अपने घर वापस आयी। मैंने पिताजी से पूछा-''पिताजी,क्या सचमुच मेरी माँ की मृत्यु पावँ में हुए फोडों के कारण ही हुई या अन्य वजह थी!? मेरी माँ कैसी मरी"!?

मेरे पिताजी सच को खोलकर मेरे सामने रख दिये। "इषिका, तुम्हारी माँ एक उच्चकोटी की नर्तकी थी। वह 'जोगी' परिवार से थी और जोगी की इकलौती बेटी भी। वह 'मोर' के परिवार से होने के कारण 'नाचना' उसकी स्वाभाविक प्रतिभा बन गयी थी। उसकी नृत्यकला को देखकर मैं उससे प्यार करने लगा था। वह जन्नत की परी से भी ज्यादा खूबसूरत थी जैसे तुम हो। दुःख की बात यह थी कि जोगी ने हमारी शादी के लिए साफ साफ इनकार कर दिया। एक आम जाति के लडके के साथ अपनी बेटी

की शादी करवाना उसे बिलकुल मंजूर नहीँ था। इसलिए हम दोनो ने सबकी नजर चुराकर मोहन चाचा की मदद से शादी कर ली। मेरा गायन तथा तुम्हारी माँ के नृत्य के कार्यक्रमोँ से हमारा गुजारा चलता था। एक दिन वह नाचते नाचते बेहोश होकर गिर पडी। 'हेन्ना' नाम की वृद्ध महिला ने जब उसकी जाँच की तो पता चला कि वह पेट से है। जब नौ माह पूरे होने को आये तब तक तो उसके पावँ के फोड की बीमारी वैद्योँ के इलाज की सीमा को पार कर बिगडी हालत के कगर पर पहुँच गयी थी। अंत मेँ वह मन मेँ निश्चय किया कि एक खत राजा के नाम पर लिखकर अपनी बीमारी के इलाज का हल पाऊँगी। अपने विचार के मुताबिक वह राजा के नाम खत लिखकर कार्मेल के पहाड की चोटी पर डालकर आयी। उसे विश्वास था कि जरूर राजा से उसकी समस्या का हल निकल आयेगा"। मैँने पहाड से लायी मेरी माँ का खत पिताजी को दिखाया और पूछा, "बोलिए पिताजी, क्या यह वही खत है जो माँ से राजा को लिखा गया था"? पिताजी बोले,"हाँ, यह वही खत है। लिखाई भी उसी की है। जब वह खत लेकर पहाड की ओर गयी उसी दिन तुम्हारा जन्म भी होनेवाला था। वह दर्द से चीख रही थी। हेन्ना, तुम्हारी और आशा की जीने की संभावनाओँ से उम्मीद खो बैठी थी। उसकी वजह थी उसके पावँ मेँ हुआ फोडा। उतने मेँ जोगी जुदाह के राजा से उसकी बीमारी की दवा लेकर हमारे पास आया। उस दवा के बदले उसने हमारे सामने एक शर्त रखा। यदि हम उस शर्त को मानेँगे, तो ही वह दवा देने के लिए तैयार था। मेरे पास और कोई उपाय नहीँ बचा था। तुम्हारी माँ उसकी शर्त मानकर तुम्हे जिंदा रखने के लिए हमसे विदा ले ली"। माँ की पेचीदा कहानी सुनकर सब दुःखी होकर रोने लगे।

## अध्याय: 12, अद्नोरा

अगले दिन नाश्ता करते समय मना में खयाल आया कि कुछ न कुछ करके माँ से एक बार तो मिलना ही है। पर कैसे!? वह बात हमारे समझ के बाहर की थी। उसी समय किसी ने दरवाजा खटखटाया। मैंने दरवाजा खोला तो 'हेन्ना' खडी थी। उसे नाश्ता लाने के लिए मैं रसोई घर की ओर गयी और वापस आते समय सिर-घुमाव के कारण मैं गिर पडी। हेन्ना ने मेरी जाँच की और तब पता चला कि मैं गर्भवती हूँ। वहाँ के लोगों की नजर में मैं अब भी कुवाँरी थी। 'इस कुवाँरी लडकी के पेट में पलती हुई संतान किसकी रही होगी'!? सबके मन में यह जिज्ञासा उठ खडी हुई।

उसी वक्त बेथेल् की जनता मुझे धन्यवाद देने के लिए आयी थी। विशेषत: वे लोग, जिनके परिवार के लोग मेरी कोशिशों की वजह से मल्लिका से छुटकर आजाद पँछी बने थे। मेरी गर्भवती होने की खबर सुनकर मेरे घर आए हुए बेथेल् के लोगों में 'टीटस' नाम का एक बुजुर्ग आदमी बहुत गुस्से से तिलमिला उठा। वह चिल्लाने लगा-"जिस लडकी ने हमें मल्लिका के हाथों से रिहा की आज वह ही खुद कुकर्मिणी बनकर खडी है। इसकी वजह से हम दुबारा मल्लिका की कैद में न चले जाय। हम इसे पत्थरों से मार-मारकर उसकी हत्या कर देंगे। तब ही शायद हम मल्लिका से बच सकेंगे"। सब लोग भडक उठे थे। तब हेन्ना आगे आकर बोली-"कोई इसपर हमला नहीं करेंगे। हाँ, यह सच है कि उससे गलती हुई है पर यह मत भूलो कि इसकी वजह से ही आप सब आज आजाद होकर चैन की सांसे ले रहे हैं। यह ही हमारी तारनहार है"।

*मैं दुःख से रो रही थी। मुझमें अपने पिताजी को देखने की हिम्मत नहीं बची थी। पर यह भी सच था कि मैं अपने होनेवाले बच्चे के पिता का नाम भी जाहिर करूँ, क्यों कि आज वह और किसी का हो गया है। मैंने निश्चय किया कि पिताजी से घर लौटने के पहले ही मैं इस घर से निकल पड़ूँ। मैं अपने घर से दूर भागी...भागी। कुछ मीलों की दूरी को पार करने के बाद मैं एक नदी के किनारे पहुँच गयी। वहाँ कुछ नांव और जहाज खडे थे। नांव अद्नोरा की ओर जानेवाली थीं। अद्नोरा बेथेल् से कुछ ही मीलों की दूरी पर थी। वहाँ के लोग 'जेसाबिन' की आराधना करते थे। वे मौज-मस्ती में डूबे लालची और कामी लोग थे। बेथेल् के लोग अद्नोरा और उसमें बसे लोगों को घृणा की नजरों से देखते थे। उनका मानना था कि सिर्फ पापी शरंड और शपित लोगों की बस्ती है अद्नोरा। जो अमीर और शरंड हैं वे बेथेल् छोडकर अद्नोरा जाते थे और वहाँ की नगरी में मौज-मस्ती में डूबे रहते थे।*

## अध्याय 13: पुनर्मिलन

*मैं एक नांव में बैठकर अद्नोरा की ओर चली। मन रो रहा था। आगे का रास्ता धुँधला सा था। कुछ घंटों के बाद मैं अद्नोरा की धरती पर पांव रखी। पर मेरी आत्मा को वहाँ बहुत पीडा हो रही थी। पर क्या करूँ!? बेथेल् को वापस भी नहीं जा सकती थी। अद्नोरा बहुत ही रंगीला शहर था। वह अय्याश लोगों से भरा हुआ था। उस शहर में नशीली चीजें, मदिरा, चोरी और जिस्म बेचने का धंधा बेहिचक चलते थे।*

*मैंने रात बिताने के लिए एक कमरे को भाडे पर तय किया। पर मुझे पता ही नहीं था कि वहाँ गैर धंधा चलता है। अगले*

*दिन जब मेरी नींद खुली तो मैंने देखा कि टिटस एक व्यभिचार का धंधा चलानेवाले आदमी से मिलने आया था। मुझे वहाँ देखकर वह मुझे भी कुलटा ही समझ बैठा। वहाँ कुछ लोग मुझे घेरकर मुझसे बुरी हरकतें करने लगे। मैं शरम के मारी, अपनी चालाकी से बच निकली। मुझे ऐसे लगने लगा था कि मेरे जीवन में अब कुछ भी बचा नहीं है। जब मैं खुदखुशी करने के लिए नदी के एक बडे चट्टान से कूदने ही वाली थी कि किसी ने मुझे रोक लिया। मुडकर देखी तो एक महिला खडी थी। वाह रे, मेरा नसीब! वह और कोई नहीं, मेरी माँ आशा ही थी। हम दोनो हमशकल थीं। फरक सिर्फ इतना था कि उसके बाल सफेद हो गये थे। आपसी समानता से हम दोनो यह समझ गये कि हम दोनो के बीच खून का रिश्ता जरूर है। हम एक दूसरे से गले लगाकर चूमने लगे।*

*मेरी माँ ने कहा-" मेरा पिता जोगी, मुझे माफ नहीं किया। मेरे प्रति नफरत की भावना को ही बरकरार रखा। लोग इस बात पर जोगी की बेइज्जती करने लगे कि उसकी बेटी एक साधारण आदमी से शादी कर ली है। ज्यादा दिन तक इस बेइज्जती को सहने में नाकामयाब होकर उसने मुझे अद्नोरा भेज दिया।पर हाँ, मुझपर पाबंदी लगाया कि मैं वापस बेथेल् न जाऊँ"।*

*आशा मुझसे मिलकर बहुत खुश थी। आसमान में इंद्रधनुष दिख रहा था। वहा अपनी मोरनी का रूप लेकर पँख खोलकर नाचने लगी। मेरी भेंट होने की खुशी में अन्य मोर-मोरनियाँ भी उसके साथ मिलकर नाचने लगे। ऐसा स्वागत नृत्य देखकर मैं बहुत खुश हुई थी। मेरी माँ मुझे*

अपना घर ले गयी। मेरी कहानी सुनकर मुझे सांत्वना देते हुए मेरे दुःख को हलका किया। मेरी माँ के घर में सारी सुविधाएँ उपलब्ध थीं। मैं और मेरी माँ एक साथ अनेक नृत्य प्रदर्शन दिए। मेरी माँ मोर-मोरनियों को नृत्य कला सिखाती थी। गीधडो को 'सुसन्ना' और सांपों को 'शीना' प्रशिक्षणा देती थी। यह शीना वही 'रेगिना' की बेटी थी जिसने मल्लिका के मन में लालच और महत्वाकांक्षा का जहर घोल दिया था। गीधड, मोर और साँप एक साथ मिलकर यहाँ अपनी प्रतिभा को दर्शानेवाले प्रदर्शन दिया करते थे। नौ महीने बीत गये। अब बच्चे को जन्म देने का समय आ गया था। फिर भी मैं नृत्य प्रदर्शन देती रही।एक दिन प्रदर्शन देते समय वहाँ मेरे नृत्य प्रदर्शन को देखने के लिए जमे लोगों की भीड में 'सूर्य' को मैंने देखा! उसके साथ बिताये हसीन पलों की यादों की लहरों में मैं बह गयी। सूर्य मेरी तरफ ध्यान से, प्यार भरी निगाहों से देख रहा था। प्रदर्शन खत्म होने के बाद वह मेरे पास आया। हम दोनो गले लग गये। 'नियंतरा' के साथ जब सूर्य का मिलाप हुआ था,तब शायद इसे मेरी याद वापस आयी होगी', ऐसा अंदाजा मैं लगा रही थी । उसने कहा-"नियंतरा और राजा ने तुझे धन्यवाद देकर तेरे लिए यह नाश्ता भेजा है"। उसने आगे कहा-"नियंतरा को पता चल गया था कि मैं तुम्हारा हो चुका हूँ। सिर्फ मंत्रशक्ति का असर तोडने के लिए हमें एक होना था"। पर सूर्य की बाते सच नहीं थीं। सच तो यह था कि 'नियंतरा सूर्य को मेरे पास नहीं भेजी थी। वह यही चाहती थी कि सूर्य हमेशा उसके पास ही रहे। पर मेरी याद आते ही वह खुद-ब-खुद यहाँ तक मुझे ढूँढते चला आया था। मैं यह नहीं जानती थी कि जब वह नियंतरा के साथ चल पडा था तब भी उसके प्रति सूर्य के मन में प्रेम की

भावना नहीं थी। दरअसल वह बेहद मुझसे मात्र प्यार करता था। मैंने सूर्य का परिचय अपनी माँ को दे दिया। माँ ने अपने घर में दामाद के स्वागत के लिए एक बडी दावत के कार्यक्रम का आयोजन किया। हम सब एक साथ मिलकर जुदाह के महाराजा को मन से धन्यवाद अर्पण किए। अगले ही दिन मुझे प्रसव की वेदना शुरू हुई। सूर्य और मेरी माँ, मुझे 'रेबेक्का' नाम की दाई के पास ले गए। शीना भी अपने बच्चे को जन्म देने के लिए वही आयी थी और मेरे बाजूवाले बिस्तर पर सोई थी।

### अध्याय 14: 'इच्छा' और 'तपस्या' का जन्म

अद्नोरा जमीन पर तूफान उठा। मैंने एक बच्ची को जन्म दिया। जन्म देते ही मैं बेहोश हो गयी। शीना भी एक बच्ची को जन्म देकर कुछ ही समय के बाद चल बसी। अंजान वजहों से 'जंगल की आग फैलकर अद्नोरा की जमीन को अपने निगलती आगे आगे फैल रही थी।

सूर्य, आशा और मैं उन दो बच्चियों के साथ अद्नोरा की जमीन को छोडकर वापस बेथेल् की तरफ वापस लौटने लगे। हम कुछ मील दूर चलने के बाद नांव में बैठकर बेथेल् नगरी में प्रवेश किये। हेन्ना मेरे परिवार के पुनर्मिलन से बहुत खुश थी। वह हम सबको मेरे पिताजी के पास ले गयी। मेरी माँ पिताजी को देखकर खुशी से पागल हो उठी। वहा अपने पति को गले लगाकर जुदाह के महाराजा को बार बार प्रणाम करने लगी। हेन्ना की दवाओं से मुझमें फिर से ताकत इककट्टा हुई। मैंने सोचा कि मैंने जुडवी बच्चियों को जन्म दिया है। मेरे पिताजी को मेरे बेथेल् से जाने का दुःख बहुत सता रहा था। उन्होने कहा कि यदि मैं

बेथेल् के लोगों की परवाह न करते हुए यदि उन के साथ ही रह लेती तो उनको कोई एतराज नहीं था। मैं अब मेरे पति, माता-पिता और बच्चियों के साथ खुशी का जीवन बिताने लगी। नामकरण के कार्यक्रम के दिन हमने पूरे बेथेल् की जनता को दावत दी। हम अपने बच्चियों को नाम रखा –'इच्छा' और 'तपस्या'।

पूनमा के सांझ 7.00 बजे को बोहरा पादरी भविष्यवाणी के गीत गाते हुए आए। "एक का जन्म और एक है नियति का। लडती बेथेल् की बच्ची धैर्य से, न साँप और राक्षस उसे हराते। एक का जन्म और एक है नियति का"। उनकी भविष्यवाणी सुनते ही मैं उलझन में पड गयी कि – 'एक बच्ची तो बेथेल् की रक्षा करनेवाले होगी। न राक्षस या न साँप उसे हरायेंगे। वह भविष्य बनेगी बेथेल् का। पर दूसरी बच्ची का क्या होगा!!? क्या वह इस धरती के लिए कोई योगदान देनेवाली नहीं होगी"?उसी रात मुझे यह भी पता चला कि सूर्य एक गीधड है। वह विराट की संतति का है। सूर्य अब अपने निजी रूप में आया था। तब विराट ने सूर्य को अपने प्रकाश के द्वारा मुझे शुभाशीर्वाद दिया।

इधर नियंतरा को पता चला कि सूर्य दुबारा मेरे पास वापस लौट आया है। उसे यह भी पता चला कि हम अपने बच्चों के जन्म की खुशियाँ मना रहे हैं। उसके मन में बदले की आग दहकने लगी। उसने हमको सबक सिखाने के लिए मंत्रशक्ति की प्राप्ति के लिए बहुत कडी तपस्या की। उसने जलशक्तियों को भी हुक्म दिया कि वे मेरे और मेरे परिवार के खिलाफ सकत बदला ले ले। कुछ दिन के नियंतरा के तप के बाद जलशक्तियों ने नियंतरा को दो असली

हकीकतों के बारे में अवगत कराया। उसके मुताबिक पहला सच था कि 'इषिका' के दो बच्चियों में से एक शीना की है। दूसरा सच, मल्लिका की आत्मा वेझेला समुंदर के तले एक मटके में छिपकर बसी है। 21 दिन तक बिना खान-पान की तपस्या करके विनम्रता से बुलाने पर वह मटके से बाहर निकलकर इषिका की बच्ची में प्रवेश करेगी और वह बच्ची अपनी 21 साल की आयु में इषिका और उसके परिवार की मृत्यु का कारण बनेगी"।

नियंतरा इषिका से बदला लेने के लिए 21 दिन तक बिना खान-पान की तपस्या की। जब वह अपनी तपस्या खत्म करके आंख खोली तो उसकी दिव्य दृष्टि को साफ नजर आया कि मल्लिका की आत्मा वेझेला समुंदर के तले के मटके से बाहर निकलकर इषिका की बच्ची में प्रवेश कर चुकी है। जब मल्लिका की आत्मा ने इषिका की बेटी के शरीर में प्रवेश किया तो इषिका की बेटी कांप उठी। इषिका ने समझा, अपनी बेटी ठंड से काँप रही है और उसे कंबर में ओढ लिया। दो बरसों के बाद मैं इक्कीसवी साल में कदम रखी तो मैं अपने निजी 'मोरनी''मोरनी' के रूप में बदल गयी।

## अंतिम कथन

बेथेल् की सारी धरती हमारे परिवार को एक आदर्श परिवार मानी थी। बरसों के बीतने के बादा जब मेरी बेटियाँ अपनी इक्कीसवी साल में कदम रखीं, उसी दिन चिंटू साँप के काटने से मर गया। मल्लिका और उसके सभी साँप के रूप में रहे सैनिक पहले ही मर चुके थे। फिर भी यह साँप का दिख जाना और चिंटू की मृत्यु की वजह बनना, एक

*अनसुलझा राज सा रह गया। यह इषिका और उसके परिवार को दंग कर दिया।*

- *क्या गीधड और सांपों का संघर्ष जारी रहेगा?*
- *मैं इषिका, अपनी निजी संतति का असली स्रोत को ढँढ पाऊँगी या नहीं!?*

*.. अगली कडी की प्रतीक्षा कीजिए ... ।*

”

# क्रम-सूची

www.ingramcontent.com/pod-product-compliance
Lightning Source LLC
LaVergne TN
LVHW091934070526
838200LV00068B/1209
* 9 7 8 1 6 3 7 1 4 3 4 7 6 *